I0550107

www.aalmas.eu

Eva

o

despertar da Alma

António Almas

Ficha técnica

Título: Eva – O despertar da Alma

Autor: António Almas

Edição: Edição Própria de António J. F. Almas
Av. 25 de Abril, 9 r/c esq.
7160-221 Vila Viçosa
edicao.propria@gmail.com

Design e Paginação: António Almas

Impressão: P.O.D.

ISBN: 978-989-20-6100-9

Depósito Legal: 399596/15

Vila Viçosa, 15 de Outubro de 2015

A vida é muito mais que um corpo, muito mais que um tempo, não se esvazia com a morte, não nasce num só dia. A vida acontece a cada momento, transcende o espaço-tempo e extravasa para lá da física, por isso de nada vale tomá-la como certa, tentar prendê-la a um único instante, porque na sua essência a vida é livre e foge por entre os dedos dos que querem confiná-la.

Eva não é apenas a mulher, a primeira ou qualquer outra, ela é ensinamento, ela é sentimento, profundo, enraizado e alicerçado na verdadeira origem do ente. Eva ama com a profundidade da Mãe, com a intensidade da amante e com a pureza da filha.

Capítulo I

O nevoeiro era denso, tudo em redor era baço, a neblina não me permitia ver mais que um metro à frente. Ouvia o chilrear dos pássaros com um eco profundo como se estivesse confinado a um vale vazio. Comecei a caminhar, desnorteado por não ver o Sol, seguia os sons da natureza, precisava sentir-me rodeado por algo mais que esta solidão, procurava a vida. Comecei a correr à deriva, como quem não sabe por onde há-de ir. O som aumentava como se todas as aves do bosque voassem a meu lado, mas não havia sinais delas, sequer árvores eram visíveis em meu redor, continuava mergulhado nesta pálida claridade.

Paro, há qualquer coisa à minha frente, vultos gigantescos parecem definir-se no horizonte próximo. Um murmúrio fundo, como se o vento se lamentasse começou a ouvir-se, sem que qualquer brisa se manifestasse. O corpo estremeceu, de repente sinto-me ameaçado, o silêncio resumiu-se à lamúria que vinha daquelas formas grotescas que não conseguia definir. Parecia criaturas deformadas, seres disformes e ameaçadores. A sensação de que se aproximam deixam-me irrequieto, do nada empunho uma espada, o meu instinto de defesa toma o controle e avanço contra a floresta de monstros.

Como se fosse inevitável o confronto, lanço-me... Grito...

Sou sugado por um túnel, como se uma mão invisível me puxasse. Acordo com o coração descompassado pela emoção, a fronte suada, e num reflexo, sento-me na beira da cama. O quarto está em silêncio e a luz do dia rasga por entre os estores corridos da janela em pequenas agulhas de luz que desenham reflexos da vida para lá da habitação.

Foi mais um pesadelo. As noites têm sido profícuas nos últimos tempos. Fico quieto até conseguir controlar o compasso da bomba que alimenta o corpo.

Olho-me ao espelho, as olheiras arqueiam e a dor de cabeça palpita como um martelo esmagando o aço contra a bigorna. Lavo o rosto e preparo-me para seguir para o trabalho. A mente questiona-se, não entende o porquê de todos estes cenários de medo e aterradores pesadelos que compõem as noites de sono. Avisos? Premunições? Não entendo, mas procuro perceber porque se manifestam.

Em criança recordo-me de temer a noite, porque ela era povoada de criaturas, de sobressaltos e outros martírios que me deixavam refém do dia. Quando o Sol se punha tudo em mim escurecia, o medo apossava-se e via-me a caminhar pelo escuro, escondendo-me detrás de cada objecto da sala, procurando não olhar para o cimo das escadas, era lá, dentro do quarto de dormir que tudo se passava. Ali habitavam todos os monstros e adormecer era um verdadeiro suplício. Luz acessa, o meu gato de louça cheios de pequenos furos por onde os raios de luz da lâmpada formavam uma cúpula protectora sobre a minha cama. Mas era um mundo pouco iluminado, onde o dúbio e os fantasmas escondidos nas sombras tomavam lugares de destaques quando a luz se extinguia.

Mais tarde descobri Deus, então Nele vi uma forma de protecção, escondia a sua cruz debaixo da almofada e guardava-a entre as mãos para rezar, Ele estava em todo o lado, como tinha aprendido na catequese, então estava ali comigo e não deixaria que aquelas feras noctívagas me atacassem. A fé derrota medos, desfaz mitos e quando cremos tudo parece possível, é necessário acreditar para prosseguir e durante muitos anos, esta foi a minha salvação. Ainda hoje me conforto com a presença dessa força que, afinal, viria a descobrir mais tarde na vida, me habita desde o início dos tempos.

Capítulo II

Eva sempre se sentiu diferente. Havia algo nela que transcendia a realidade e se adentrava no mundo da espiritualidade duma forma tão evidente que se percebia na candura do seu rosto, na forma como sorria e na tranquilidade com que falava. Ela procurava um antigo amor quando se cruzou com as minhas notas no jornal da cidade. Ao ler uma das minhas crónicas pensou ter encontrado nas minhas palavras a voz dessa paixão.

Um dia escreveu-me, questionando-me sobre a forma como eu traduzia em palavras os sentimentos, acabando por me confessar que pensava que eu era alguém que tinha feito parte da sua vida no passado, e que por magia havia reencontrado através do jornal.

Escrevemo-nos por diversas vezes, eu sempre explicando que não era a pessoa que procurava, e ela persistindo durante algum tempo em fazer de mim essa pessoa, que tanto a fascinara e de quem nunca mais tinha tido notícias.

Eva tinha uma aura de luz, uma forma delicada de se ligar ao mundo dos sentidos, uma sensibilidade ímpar que fazia dela uma pessoa pela qual qualquer homem se poderia facilmente apaixonar. Descobri que Eva era espiritualista, alguém que aconselhava e encaminhava pessoas perdidas de si próprias. Percebi que esta chegada, este encontro não era fruto dum acaso qualquer. Havia como que um chamamento nas minhas letras que a trouxera até mim.

Apesar de fisicamente longe, ficámos cada vez mais próximos através desta comunhão entre a capacidade de harmonização da sua alma e a forma como eu pressentia a envolvência dos sentires. A cada dia era cada vez mais inevitável querer aprender com Eva sobre esse mundo secreto que em mim era inato, mas que de tão naífe, não conseguia perceber. Tudo em mim era intuitivo, e muitas vezes escrevia em catarse despertando no final como se não soubesse de onde tinham vindo aquelas palavras, tal como acontecia com os sonhos e os pesadelos que me transportavam para um mundo de inexplicável complexidade. Eva chegou naquele dia para me anunciar um mundo que vivia dentro de mim, mas que eu não tinha capacidade de interpretar, de entender e de potenciar. Ao longo de meses entreguei-lhe crónicas e pensamentos, sonhos e pesadelos, revelando-me na totalidade, explicando segredos e momentos que eram apenas meus. Em compensação recebia dela explicações, profundidade e crenças que fui interiorizando, e aos poucos comecei a acreditar que a origem de tudo o que me estava a acontecer tinha começado lá atrás, num momento no tempo para lá do limite de uma vida, elas, as palavras, eram a súmula de muitas outras vidas, de um longo percurso por entre corpos, épocas e eras que acumularam numa centelha, numa alma, séculos de sensações e emoções.

Encontrei neste truque do destino um momento de identidade, pela mão de alguém procurava outro alguém. Este instante, ou como muitos de nós dizemos, esta coincidência, não é mais que um marco na evolução da minha existência, sem a qual me teria sido impossível aceitar e perceber o que existia dentro deste corpo.

Tudo mudou quando fui confrontado com a minha consciencialização, quando despertei para um mundo que estava para lá das árvores, que me pareciam monstros em pesadelos. Acordar para este universo de sentires foi como reencarnar um outro personagem, deixei de ser um homem de problemas, para me transformar num ser de soluções. Deixei de caminhar apenas com os pés na terra para passar a voar com a Alma. A chave que abriu a porta para estas dimensões habitava Eva.

Capítulo III

Inevitavelmente acabei por encontrar Eva numa tarde de Verão, esperei-a no meio da natureza, à entrada do bosque encantado, onde os meus sonhos começam e o sagrado nos espera de braços abertos. Ela chegou perfumada de Primavera com o cair da tarde e eu estendi-lhe a mão para segurar a dela. Nos cachos dos seus cabelo ela trazia o entardecer em tons de oiro e castanho, no seu olhar carregava a esperança e o brilho da menina que guardava dentro, e no sorriso transportava todas as vozes. Adentrámos a floresta como se soubéssemos já todos os seus caminhos, afinal, depois de tanta partilha emocional, sentir os aromas da Mãe era como regressar a casa, voltar às origens e voar por entre a rama das árvores e o azul dos céus.

Esquecemos por completo o mundo lá fora e tivemos a oportunidade de olhos nos olhos perceber a dimensão deste entrosamento que nos uniu, sentir no toque da pele a energia fluida que carregamos e poder partilhar o sorriso e a vontade de comungarmos com a Natureza. O tempo esqueceu-se de nós e parou para nos permitir este hiato, ter a imensidão para saber existir sem correr contra o passar das horas, dos dias. Foi uma pequena eternidade aquele encontro, permitindo-nos saborear a divindade de sermos ilimitadamente nós.

Quando a noite chegou, estávamos à beira dum lago imenso, onde a água reflectia a luz das estrelas, Eva irradiava um brilho diferente, uma luz própria que se agitava no ar como uma brisa de final de tarde, eu, estarrecia perante a eloquência da sua argumentação, a forma delicada com que me apresentava a mim mesmo.

De regresso à orla da civilização, conduzi-a como um *gentleman* oferecendo-lhe a minha mão para a levar ao carro, onde num instinto de admiração e paixão a acolhi num abraço que inevitavelmente terminou num beijo que começou com a suavidade duma pena e terminou com a intensidade dum furacão.

Despedimo-nos com vontade de ficar.

Voltámos aos nossos mundos, com o perfume do outro guardado na memória sensitiva, sem quebrar a magia que nos juntou nesta congeminação universal. Trocamos telefonemas, cartas e as minhas dissertações procuravam-na inevitavelmente, assim como ela se perdia cada vez mais num mundo onde os cenários eram criados pelas minhas palavras. A essência disseminou-se pelo ar e juntos orquestramos um universo próprio de quem sabe sentir e descrever a emoção como um único sentido rumo ao futuro.

Escrevi-lhe apaixonadamente e ela retribuiu-me com amor, afinal o amor não é apenas e tão só aquilo que hoje se apregoa, uma forma mais ou menos física de estar um com o outro. O amor entre nós era sobre todas as formas, o sublimar da essência, da energia e da luz da qual se constrói a magia. Amar-se para lá do corpo, do gesto, do visível é ser transigente e permissível às emoções, só assim se pode amplificar esta forma de crer, de acreditar que a universalidade da palavra amor estava garantida desde o primeiro instante, desde o ponto de partida.

Assim alimentámos pelo infinito dos tempos essa forma etérea de existir, de ser, de sentir, valorizando aquilo que se diz de eterno, de incomensuravelmente grande como deve ser o amor.

Eva via em mim um manancial de sentimentos, para ela eu era um mágico que descortinava com os olhos da alma a existência do outro, que despia com as letras a humanidade de cada ser. Os meus pesadelos deram lugar a sonhos onde para além de transformar os monstros em sombras que a luz de Eva destruía, eram cenários de um ser alado que se sentava à cabeceira dos que por ele clamavam. Nesse tempo os meus artigo no jornal da cidade transcendiam os limites do papel e eram sonhos acalentados por outros tantos seres de luz que me reconheciam como se eu fosse o seu anjo-da-guarda.

Esta fonte de água fresca alimentada por este amor transcendental era regato, e cresceu com a junção de tantas outras almas, fazendo-se rio que para o mar corria.

Eva tinha-se transformado na minha musa universal, ela era a mulher, a mãe e a filha dum ente que procurava alcançar o céu alicerçado neste amor quase terreno, quase divino por uma mulher que era muito mais que isso.

Capítulo IV

A vida absorve-nos, consome-nos o corpo envelhecendo-o, mas a alma, mais resistente, subsiste-lhe, não nos deixando perceber que vamos caminhando para o fim. Parece-nos constantemente que a pujança nos habita e que seremos eternamente jovens.

Comecei a receber correspondência de vários leitores, a sentir que as palavras se tinham transformado sob o desígnio desta mulher que me lia como quem interpreta um livro de magia. A minha crença era tal que a dado momento achei que a noite, aquele lugar cheio de medos, era afinal o momento ideal, em que a alma deixava o corpo sobre a cama e saía em auxílio, para velar os sonhos daqueles que desesperadamente em mim criam. Esta comunicação espiritual era um fluxo bidireccional que se disseminava entre mim e os meus leitores sob a interpretação duma deusa que aos poucos tomava forma dentro de mim.

No jornal as cartas acumulavam-se em caixas, a maior parte do tempo o meu dia era tomado pela leitura e interpretação dos desabafos dos leitores, complementado por conversas com Eva sobre este novo mundo que a cada dia se tornava maior, como se fosse ele toda uma dimensão paralela à realidade de cronista de jornal.

O meu director veio falar comigo e comunicou-me que a pequena crónica semanal tinha crescido com as vendas dos jornais, que passaria a ter um carácter diário e uma página inteira. Fiquei abismado, embora tivesse noção de tudo o que estava a acontecer em meu redor, não tinha ainda interiorizado a repercussão desta corrente.

Precisei de ir resolver uns assuntos pessoais na cidade onde vivia Eva e telefonei-lhe a combinar um almoço. Não tínhamos voltado a encontrar-nos desde aquela tarde na orla da floresta. Concordamos em vermo-nos no parque da cidade, desta vez foi ela que me esperou à porta. Parei o carro a alguma distância, queria ficar a olhar para ela, perceber a dimensão daquela alma, que extravasava o corpo, pequeno, de curvas pronunciadas que lhe conferia uma sensualidade preponderante. Trazia com ela uma sacola pendurada do ombro e uma saia que lhe cobria os joelhos, uma blusa com um decote algo pronunciado e umas botas altas que apenas permitiam vislumbrar um pouco da perna. Desci e fiz o caminho que nos separava a pé, olhando-a fixamente até que me viu. Recebeu-me com a mesma energia e delicadeza da primeira vez, este era o nosso segundo encontro. Sorriu ao ver-me com a elegância duma fada, fui ter com ela e beijei-a na face abraçando-lhe o corpo contra o meu. Senti o aroma da terra molhada, como se uma tempestade tivesse acabado de cair e o Sol raiasse por entre as nuvens.

Passeámos pelo parque, absorvendo a energia das árvores. Apesar de haver gente em volta, para nós, estávamos apenas os dois, seguíamos tranquilamente uma levada de água, eu contava-lhe sobre o empolgado que estava com o aumento da periodicidade da minha crónica e ela, que em tudo via um motivo, explicava-me que a capacidade que tive de tocar tantas almas estava a dilatar aquele pequeno universo e precisava de mais espaço, daí que esse portal que era o jornal, através do qual as minhas sensações chegavam àqueles que delas precisavam, também tivesse de crescer, para seguir o fluxo de energia que eu estava a propulsar. Vaticinou que no futuro teria um convite para ir mais longe, que alguém com potencialidade haveria de levar mais longe a palavra, porque afinal eu era um mensageiro e aos mensageiros o Criador dá as palavras para serem ditas, escritas e disseminadas entre os que delas precisam.

Parámos onde o riacho se incorporou numa pequena represa, sentamos debaixo dum carvalho e Eva tirou da sacola um pequeno lanche que partilhamos enquanto eu lhe tentava explicar que não entendia como aquilo que escrevia tinha um reflexo tão intenso em algumas pessoas ao ponto de me terem declarado que as havia salvo duma catástrofe nas suas vidas. Com a placidez da Mãe, Eva explicava-me como eu tinha sido escolhido para esta tarefa, porque na minha relação de infância como o divino, a minha fé tinha-me levado a este caminho, porque, segundo ela a humildade do que serve é recompensada com dons, eu tinha sido, em alguma altura do meu percurso, abençoado. Falou-me que a alma é uma viajante em vários corpos, ela nasce, aprende e matura em várias existências e que a uma dada altura torna-se ela própria num pescador de almas perdidas, que na deriva duma infância, ajuda a crescer e a levantar-se para prosseguir caminhos. Lembrou-me que, não devia apegar-me a elogios, que haveria pessoas que olhariam para mim como homem, outras como anjo, outras como um herói, mas que, eu não devia desviar-me do caminho, deveria perseguir este serviço ao Criador, de ser um dos que traduz os Seu pensamentos e vontades.

Terminamos caminhando de volta à porta do parque onde ela tinha o carro, dei-lhe um abraço, beijei-lhe a testa que ficava à altura da minha boca, e abracei-a como quem quer carregar a alma de energia positiva para poder regressar a casa. Prometi-lhe voltar...

Capítulo V

O silêncio ensurdecia o espaço, o corpo deitado no chão da clareira, sentia a humidade da erva nas costas. Os olhos tentavam vislumbrar por entre a neblina que não permitia ver o céu. Era manhã, o dia acabava de acordar, não conseguia mexer um músculo, apenas olhar. Parecia estar à espera que alguém viesse despertar-me deste sonho que me detinha junto ao chão. Articulei a custo o teu nome:

-Eva...

E como se tivesse pronunciado uma palavra mágica surgiu uma luz do meio da névoa, eras tu, não te via o corpo, mas sabia que aquela energia provinha do ente que te habita. Fluíste na minha direcção e subitamente vi-me a mim próprio deitado no chão, os olhos cerrados como se dormisse. Mas, onde estou? Olhei em redor mas não encontrava corpo em mim, apenas a tua luz e via de cima o mundo que à pouco olhava debaixo. Sem que o silêncio se quebrasse escutei a tua voz:

-Esta é a tua alma – Disseste – libertada do corpo que jaz ali.

-Como é possível? - Questionei – Estou morto?

-Não! Estás a dormir – Respondeste – É assim que acontece nos sonhos.

-Mas... Eu nunca vi o meu próprio corpo em sonhos, como é possível? - Voltei a indagar.

-Porque é uma faculdade que só se adquire depois da consciencialização – Responde Eva.

-Consciencialização? - Questionei com espanto.

Eva prosseguiu.

-Consciencialização é o momento do despertar. Quando uma alma toma consciência que o corpo não é o limite, que existe uma parte que é energia pura e que anima o corpo – Disse-me – Essa energia pode expandir-se para lá do limite físico e até dimensional.

Comecei então a pensar na origem da palavra alma. Em latim diz-se anima, que anima, que dá vida, sopro de vida, enfim faz sentido que a alma seja a energia do corpo, pensei. Preparava-me para voltar questioná-la quando subitamente volto a ser puxado pelo vórtice como se tivesse a ser engolido por um remoinho. Abro os olhos, o quarto, silêncio, escuridão. Acordei...

Capítulo VI

Mal a manhã despontou apressei-me a ligar a Eva, queria entender aquele sonho, o que tinha acontecido. Já algum tempo deixara de ter pesadelos e os sonhos eram maioritariamente agradáveis e inspiradores, mas este tinha sido estranho, como se ela tivesse estado dentro do meu sonho, ali, lado a lado.

Atendeu-me com aquela voz calma e doce de sempre, e eu em atropelo ao um carinhoso bom dia, comecei a contar-lhe o que tinha sucedido. Mas não fui muito longe, interrompeu-me dizendo que sabia o que tinha acontecido, que realmente tinha estado comigo e que não tinha sido um sonho. Assustei-me! Afinal quem era esta mulher?

Detalhou todo o momento, de facto só podia ter estado lá. Explicou-me que os meus sentidos estão a maturar e para que não me perdesse com o aumentar das sensações que a dado momento serão de euforia, decidiu ajudar-me, mostrando-me o caminho, a luz, para que devidamente informado saiba como agir quando todo o turbilhão emocional se apossar do meu corpo, só assim a alma não irá colapsar.

Agradeci-lhe, e fiquei com a cabeça a andar à roda, mas de momento queria ficar sozinho, queria organizar a espiral de questões que tomavam contam da minha mente, antes de começar a fazer perguntas à toa.

Vesti-me e saí de rompante sem nada comer em direcção à biblioteca da cidade, precisava ler, aprender, investigar sobre tudo isto. Talvez fosse apenas uma ilusão, talvez Eva fosse mais uma daquelas pessoas que com as suas capacidades perceptivas me tivesse induzido aquele sonho, como uma derivação das nossas conversas.

Fiquei perdido!

Passei o dia na biblioteca, mergulhado entre livros de espiritismo e filósofos, Carl Gustav Jung fala de Eva como o primeiro nível de desenvolvimento da anima, a personalidade interior do homem, que é feminina, estas deduções confluem para Eva, mulher que conheci por obra do acaso, ou que me procurou talvez com a intencionalidade de me oferecer os seus conhecimentos, para que pudesse evoluir.

De facto a minha capacidade intuitiva e a energia inspiradora que desenvolveu o meu trabalho enquanto cronista de jornal, foi fruto do contacto quem esta pessoa, porque estarei eu agora a julgá-la se o que me aportou tem sido muito mais do que me pediu, aliás, nunca me pediu nada.

Regressei a casa, entregando nas mãos dum hipotético destino o que viesse, se Eva estava aqui como a representação da Mãe, da Deusa, ou era uma feiticeira, pouco me importava, afinal eu sentia-me outro homem e queria experimentar este novo mundo, um universo que paralelamente se abre. Quero cruzar o portal e vou deixar-me levar por ela.

Nessa noite não sonhei!

Capítulo VII

O frenesim da vida tomou conta da minha mente e deixei-me levar por esta corrente durante alguns dias. Tentei não estar tão ligado a Eva, dar espaço para que a vida me leve sem que a alma sinta tanta falta da sua energia, evitando assim a saudade de não a ter, aqui comigo.

Chegado o Verão, o calor apoderou-se não apenas do ar, mas do corpo que sedento procura acalmar-se ora com água fresca, ora com tardes de preguiça. Numa dessas tardes, em que estava recostado no sofá da sala esperando calor avassalador libertar o ar fresco do fim do dia, batem à porta. Visto qualquer coisa à pressa e vou. Abro a porta e era Eva. Estranhou as minhas ausências prolongadas, os poucos telefonemas e cartas e decidiu vir procurar-me.

-Eva! - Exclamei.

Convidei-a a entrar, pensando já que desculpa haveria de dar para estar agora mais afastado das nossas conversas. Conduzi-a à sala e fui à cozinha buscar dois copos de limonada.

-Faz calor lá fora – Comentei, sem saber que mais dizer.

Ela pegou no copo e tomou um gole, fez uma pausa e disse:

-Desculpa se vim sem avisar, mas quer parecer-me que me andas a evitar desde aquele dia em que partilhamos o sonho.

Tentei esquivar-me alegando que com o crescimento da crónica do jornal e as respostas aos leitores tinha estado ocupado.

-Não precisas de me mentir! - Disse-me – Eu sei que apesar de seres um ser sensitivo e especial, com uma delicadeza e pureza de alma invulgar, és igualmente um homem racional, e esse conflito que te habita desde então, procura seguir o caminho da objectividade descartando aquilo que parece não fazer sentido.

Falou com uma melodia na voz que a dado momento parecia que a minha mente falava com ela e nem era preciso dizer nada. Deixei-a falar, sabendo como ela me lia por dentro, tudo o que estava tatuado nas paredes da alma, como quem sabe folhear um livro sem páginas, mas cheio de textos gravados nas lombadas vazias.

-Verdade que me desconstróis duma forma enigmática, que olhas para mim e mergulhas-me no olhar caindo no mais fundo da minha existência – Disse-lhe – Não sei como o fazes, de que forma consegues visitar-me mas sinto que não me queres mal, sinto que foste ensinada a caminhar pelas minhas veredas, pelos meus espaços mais íntimos como se tivesses nascido dentro de mim.

Fixamos o olhar. A partir daí nada mais precisou de ser dito, não havia necessidade de ter existido tanto tempo para se perceber que tudo se resumia a este instante, em que deixaria a porta aberta, para que ela adentrasse um mundo secreto, que nem eu mesmo sabia existir dentro de mim. Entrou, com a leveza da seda, envolta numa névoa espessa e descobriu todas as janelas que comunicam para as dimensões paralelas, deixando-me nu no meio do jardim do éden, qual Adão, desesperando pela sua presença na minha existência. Passou-me a mão no rosto, abençoando-me com o perfume da sua essência e seguiu, rumo ao desconhecido, ensinando-me a amar duma forma desprendida.

Nesta viagem através dos sentidos, deixei-me invadir, invadindo também a sua alma, com a perfusão de quem se entrega sem saber ao que vai, de braços abertos, asas plenas em voo picado direcção a um abismo tranquilo, suave e doce que é a livre queda, o livre-arbítrio.

Ah se eu soubesse deste universo há mais tempo, quantas vezes não teria descido pela corda do teu corpo e mergulhando no lago húmido do teu mundo! Mas aqui estou, vindo da realidade, encarnando por um segundo as penas de anjo que me conduzem à porta da tua casa, ao ínfimo reduto do teu ser, onde todos os dias são de sol e todas as noites são pejadas de estrelas brilhantes.

Capítulo VIII

Acordei deitado sobre o sofá, Eva estava adormecida sobre o meu peito e o silêncio cobria os corpos, esperando pelo amanhecer para acordar a azáfama. Fiquei quieto, olhando-a dormir, percebi que ainda assim, ela tem uma energia palpitante, como um quasar que irradia este estreito universo que nos une.

Enquanto ali estava questionei-me se tudo não passaria de um sonho, ou se de facto havia vivido aquele momento que parecia eterno. Não iria questionar novamente Eva, queria usufruir de tudo o que ela aportara à minha vida, ou não faria sentido, pois a dúvida é um terreno pantanoso que não deixa que sobre ele construamos um mundo apenas nosso.

Há toda uma magia que irradia do facto de nos sentirmos abençoados ao lado de alguém, do facto de esse alguém ser tão inspirador que tudo o que nasce no nosso pensamento é uma criação única que cresce e se propaga como um universo em expansão. Tudo isto acontece dentro de nós e espalha-se ocupando todo o espaço outrora oco, abrindo novas portas, verdadeiros portais que nos transportam virtualmente para outras dimensões.

É aqui que Eva é preponderante, ao mostrar-me esses portais e o seu funcionamento, permitindo-me viajar por entre esses espaços inter-dimensionais, transformando-me por dentro, construindo em mim um portal que funcionava como um farol para todos os que bebiam das minhas palavras.

Eva desperta como a aurora, duma forma suave, sem agitação, com a luminosidade do dia.

-Bom dia – Disse-lhe baixinho.

Sorriu-me e sentou-se entre as minhas pernas, fiquei sem saber se havia de lhe dar um beijo ou apenas retribuir o sorriso.

-Queres comer alguma coisa? - Perguntei.

-Sim, por favor – Respondeu-me num tom suave como a seda – Estou cheia de fome.

Fui para a cozinha preparar um pequeno-almoço com o que tinha no frigorífico. Quinze minutos depois regressei à sala. Eva estava junto à estante onde tenho alguns dos meus livros, segurava um que folheava girando o corpo para olhar para mim.

- Desculpa, como gosto muito de livros não resisti a ver o que tinhas na tua estante – desculpou-se sorrindo.

-Não há problema, esses são os que gosto mais, estão aqui porque à noite quando tenho oportunidade vou buscar um e leio até me deixar dormir no sofá – Respondi-lhe enquanto colocava o tabuleiro do pequeno-almoço sobre a mesa – Tenho mais no quarto e no escritório, já te mostro.

Depois de comermos desmarquei todos os compromissos e o dia foi passado a explorar o meu mundo, conversámos horas a fio e o tempo apesar de passar por nós, não o víamos, porque apenas nos olhávamos, aproveitando todo o espaço e todos os gestos para colmatar a ausência destes meses desde que nos conhecemos.

Saímos no final da tarde para repor mantimentos, afinal habitamos corpos e estes consomem outro tipo de energia que as almas não necessitam. Caminhamos pelas ruas como quem viaja pelas galáxias do nosso universo, em derivas que quase sempre nos levavam a lugares iluminados com a energia do cosmos, como se Eva já conhecesse de cor todos os lugares da cidade. Deixei-me conduzir por ela mais uma vez, como se tivesse uma venda nos olhos e ainda assim caminhasse sem tropeçar, tal era a confiança que me tinha transmitido e a forma da sua própria existência falava-me profundamente, explicando-me em detalhe os seus conhecimentos numa conexão perfeita entre duas entidades supra-humanas.

Quando a noite caiu sentia-me o super-homem, sabia-me capaz de qualquer façanha.

Capítulo IX

Nas semanas seguinte eu e Eva saboreamos a possibilidade de estar um com o outro. Os dias voavam como se o tempo corresse como um carro de fórmula 1. As noites alongavam-se na partilha de sentidos que só a cumplicidade de dois seres mágicos permitia. Aprendi com ela tudo sobre os sentidos e as minhas capacidades extrassensoriais dilataram-se de tal forma que era capaz de ouvir o som da Terra a rodar sobre o seu eixo. Comigo Eva aprendeu o poder das palavras, a forma como elas são capazes de activar os sensores do corpo, arrepiar a pele, fazer brotar as lágrimas e desencadear sorrisos.

Esta partilha apertou o laço que nos une e a dada altura não percebíamos mais onde terminava o corpo de um e começava a alma do outro. Este encantamento parecia saído dum qualquer livro de ficção, parecia impossível que a realidade tivesse permitido ao tempo abrir este portal entre duas dimensões tão distantes, como se um túnel se tivesse aberto para trazer até mim esta mulher.

Não sei até onde tudo isto nos iria levar, mas para já a minha racionalidade estava aprisionada na despensa, enquanto o misticismo se passeava na sala, entre nós dois, sentava-se no sofá e brincava com as nossas emoções.

Numa noite de Lua cheia Eva perguntou-me se queria dar um passeio, respondi-lhe acenando que sim com a cabeça e saímos porta fora deixando as luzes acesas.

Levou-me aos limites da cidade, onde começava uma pequena floresta de carvalhos. Parei subitamente:

-Eva – Disse-lhe – Não temos uma lanterna, onde me levas.

-Não te preocupes – Responde-me – Para onde vamos não precisamos de luz.

De facto a luz da Lua que estava a nascer era mais que suficiente para nos permitir ver a vereda por onde seguíamos. Corri atrás dela, puxado pela mão, ela parecia saber para onde se dirigia e nem a luminosidade lhe abrandava o passo.
Começava a ficar preocupado quando parou subitamente.
Abria-se uma clareira à nossa frente, Eva avançou até ao centro e sentou-se no chão.

- Anda – Chamou-me com um aceno de mão – Vem sentar-te comigo, vamos contar as estrelas.

Sentei-me ao lado dela e ficamos ali, olhando o céu acima da copa das árvores, começou a contar estrelas e acompanhei-a na brincadeira. O tempo passou sem que desse conta disso e quando a aurora começou a despontar no horizonte, Eva fez silêncio e virou-se para nascente. Parecia que tinha estado ali todo este tempo à espera do nascer do dia. Fiquei a olhar para ela enquanto começou uma ladainha em voz baixa. À medida que a sua voz aumentava, transformando-se num cântico, um estranho brilho começava a irradiar do seu corpo, a apenas a alguns centímetros de distância estiquei a mão direita para tocar no seu ombro, na tentativa de a despertar daquele trance, a Lua, estava agora sobre a copa das árvores e brilhava intensamente. Quando lhe toquei fui sugado por uma enorme energia que me transportou de imediato para uma praia deserta, tirei a mão assustado e regressei no mesmo instante à clareira.

-O que se passa aqui! - Exclamei entre dentes.

Voltei a tocar-lhe, desta feita no rosto, e quando a minha pele tocou a sua, voltei a ser transportado para a praia. O sol estava a por-se e Eva de mão dada comigo contemplava o momento.

-Não te assustes – Disse-me sem me olhar – A Lua abriu o portal entre as dimensões e através do meu corpo permite-me passar pela fina membrana que separa o mundo onde o teu corpo vive e este onde outros seres habitam.

-Já ouvi falar da teoria das cordas, mas tudo isto transcende o que até agora se descobriu – Respondi-lhe.

-Shiiiiu – Pede-me ela – Sente apenas e não te preocupes pois a tua alma conhece todos os caminhos, apenas ainda não te foram revelados, é para isso que eu vim, para te mostrar por onde ir.

O sol ponha-se naquele horizonte diferente, e ficamos ali até que a escuridão tomou conta de nós...

E fez-se silêncio em todas as dimensões.

Capítulo X

Acordei, olhei em redor, estava só no quarto. Levantei-me, procurei Eva, apressadamente, caminhei pela casa no lusco-fusco, apenas iluminado por raios de luz que cruzavam as persianas. Não estava ali na sala, nem na casa de banho, fui à cozinha e também não estava. O que restava da sua presença era o perfume de jasmim que pairava como uma nuvem de incenso ardido, uma neblina que me assustava, Eva tinha desaparecido!

Procurei o telefone para lhe ligar, mas do outro lado da linha, apenas a voz da operadora avisava que o telefone se encontrava desligado. Fiquei desesperado, vesti uns calções e saí perdido à rua, na esperança vã de que estivesse lá fora vendo nascer a manhã.

Fui à mercearia da esquina, ao café da rua ao lado, mas não estava, percorri as ruas do bairro, como uma criança a quem tinham roubado o seu mais precioso presente, uma lágrima teimava em escorrer com o vento desta alvorada agitada que mais parecia um fim de temporada. Os olhos vidrados perseguiam todos os transeuntes como que perscrutando pela familiaridade do seu rosto de menina, mas não se identificavam com nada.

Sentei-me na beira do rio, olhando a água escorrer como as lágrimas que me resvalavam do rosto. Porque teria partido sem me avisar? Teria eu feito algo errado? Teria tido saudades do seu recanto e voltado? Levantei-me num salto, sem pensar corri para casa, peguei no carro e fiz-me à estrada, perdido em pensamentos, desvairado, com a alma destroçada em mil pedaços.

-Onde estás Eva? - Gritava na minha cabeça, ecoando-me nas mãos que tremiam enquanto conduzia duma forma alucinante, para ficar mais perto dela.

Não dei pelo tempo passar, sequer me recordo do caminho que segui até chegar à sua cidade. Ao chegar à morada que me mandava nas cartas reparei que era um edifício devoluto, inabitado, num parque industrial em decadência, não havia vivalma a quem perguntar o que quer que fosse. Fui ao parque onde nos encontrámos, percorri-o de lés-a-lés, segui o curso de água que nos levou à beira da barragem, e nada!

Não tinha sequer uma foto nossa, dela, que pudesse usar para mostrar às autoridades e procurar.

Voltei, segui em direcção ao lugar onde nos encontramos pela primeira vez, com a esperança quase a colapsar. Tudo tinha acontecido a uma velocidade vertiginosa, nunca me tinha passado pela ideia que Eva desaparecesse de um momento para o outro.

Parei o carro, meti-me pelos trilhos da floresta e gritei o seu nome. Os meus instintos estava completamente perturbados, percorri aquele espaço sem deixar que a minha alma visse, por isso caminhei às cegas, como um louco que quer fugir dum labirinto sem perceber que o mapa do mesmo está impresso dentro de si.

Cansado, parei junto a um carvalho antigo, encostei o corpo desfalecido, e respirei profundamente. Estava ali à alguns minutos tentando recuperar o fôlego, todo contorcido, chorando, quando senti uma brisa, perfumada de jasmim, no instante seguinte, uma mão pousa no meu ombro com a suavidade duma pluma, uma paz profunda desceu como um arrepio, pelo corpo, virei lentamente o rosto, adivinhando em antecipação a presença do que tanto almejava.

Eva, numa túnica branca, de braço estendido, chamava-me sem falar:

-Estou aqui – Escutei na minha mente – Porque te affliges? -Questionou-me.

-Porque desapareceste? - Perguntei-lhe.

-Quando o meu corpo não estiver junto a ti, não me procures entre iguais – Respondeu com a candura dum anjo – Fecha os olhos e procura-me dentro da tua alma, entre os corredores e salas do teu universo interior, saberás sempre onde estarei e não terás de andar à deriva.

Capítulo XI

Acordei sobressaltado pelo som do telefone. A manhã já ia a meio, a azáfama do dia anterior tinha-me esgotado e adormeci entrelaçado a Eva.

Era o director do jornal a convocar-me para uma reunião. Não estava à espera, perguntei-lhe qual era o assunto, mas fugiu à questão dizendo-me apenas que não me preocupasse que não me ia despedir, sorriu e desligou.

Fui à cozinha preparar um pequeno-almoço leve e levei até ao rebordo da cama onde Eva ainda dormia, queria fazer-lhe uma surpresa, pelo que incluí um pequeno solitário com uma rosa vermelha dentro. Beijei-a no rosto, afaguei-lhe os cabelos e como se o Sol tivesse nascido ali no quarto, abriu os olhos.

-Bom dia – Disse-lhe sorrindo.

-Bom dia – Respondeu.

Sentámo-nos e degustamos as torradas, o café com leite e a geleia de frutos vermelhos. Comentei que teria de ir ao jornal para uma reunião inusitada. Pedi-lhe que não saísse sem me avisar e que estaria de regresso por volta da hora do almoço. Eva ficou deitada e eu fui preparar-me para sair.

A casa ficava nos subúrbios da cidade e tive de levar o carro para o centro onde eram as instalações do jornal o que me levou a confrontar-me com o trânsito. Enquanto esperava pacientemente que as filas avançassem, as palavras de Eva não me saiam da cabeça "Quando o meu corpo não estiver junto a ti, não me procures entre iguais...". Esta frase assustava-me, e assustava-me por várias razões, nos últimos tempos tinha vindo a descobrir um mundo completamente novo através desta mulher, ela ensinou-me a viajar nos meus sonhos, a visitar os sonhos de outros e a induzi-los, quer através das palavras, mas sobretudo através dos sentidos. Com ela aprendi a caminhar pelas dimensões, como se o seu corpo fosse um portal que me permitisse a travessia fina que os separa. Com o seu desaparecimento quis mostrar-me o sentido de perca, mas sobretudo ensinar-me que nunca se perde o que guardamos dentro de nós. Quem era esta mulher? Uma Deusa? Um anjo? Ou a própria Mãe? Até o seu nome tinha um significado especial, Eva fora a primeira mulher segundo a Bíblia.

Mergulhado em todas estas interrogações chego ao jornal, procuro um lugar para estacionar e subo até ao gabinete do director que me esperava. Bati à porta.

-Entre – Respondeu-me com voz firme.

Não estava só, um outro individuo bem-apessoado, estava sentado em frente à secretária. O director convidou-me a sentar e apresentou-me. Era um editor e estava interessado em que eu escrevesse um livro. Soube do sucesso dos meus textos no jornal, da forma como a crónica diária tinha crescido e tinha uma proposta para me fazer. O meu chefe colocou-me à-vontade dizendo.

-Desde que não nos deixes quando te tornares um escritor famoso, vai em frente.

Respondi que o que escrevo são textos soltos, meramente intuitivos e que não sei se estou à altura de fazer um trabalho com princípio, meio e fim, nunca experimentei. Fiquei de pensar. Trocamos contactos, aguardei mais um pouco depois de nos despedirmos do editor para acertar alguns detalhes da minha crónica com o director.

Capítulo XII

Voltei a casa, estaciono o carro, abro a porta e a escuridão era apenas quebrada pela luz atrás de mim e por pequenas velas acesas no chão. Fechei a porta, senti um perfume de incenso invadir o ar, uma leve neblina pairava em formas estranhas que dançavam com os movimentos do meu corpo. Havia uma música que vinha de outro compartimento, segui o som, era suave como uma pluma solta na aragem da tarde que agora começava, parei na entrada da sala onde castiçais que não conhecia decoravam os cantos e as paredes estava cobertas de peças de veludo avermelhado, pé-ante-pé seguia o caminho de velas que me conduzia, abrindo caminho por entre almofadas espalhadas.

Segui o mistério, entrando neste jogo, não havia sinal de Eva, apenas esta transformação saída dum palácio da aristocracia, cheguei ao quarto de banho, todo decorado com velas que escorriam cera, já estavam acessas há bastante tempo, a banheira cheia de água estava preenchida com pétalas de rosas vermelhas que cobriam toda a superfície. Aceitei o convite e despi-me, metendo-me na água tépida, lavei o corpo enquanto aquela melodia me lavava a mente e as fragrâncias dos sais e dos perfumes que pairavam me purificavam o espírito.

Voltei à sala, onde se sentava agora sobre o sofá Eva, tinha vestido um corpete que lhe confinava o corpo, e um brilho no rosto que ajudava a iluminar o espaço. Sorriu e estendeu-me a mão.

-Acompanhas-me? - Perguntou-me, ao que respondi com um aceno de cabeça.

A saia comprida arrojava pelo chão. Seguíamos em direcção à mesa de jantar, já composta com iguarias, um castiçal iluminava-a, sentámo-nos frente-a-frente.

- Que surpresa apetitosa – Comentei, servindo-a.

Comemos em silêncio, olhando-nos duma forma intensa, como quem não devora apenas os alimentos, mas estendendo a refeição a todo o momento, onde o bailado dos olhares se complementa com desejos escondidos por detrás da luz visível. Apesar deste silêncio musicado, ouviamo-nos perfeitamente, em tudo aquilo que não dizíamos com os lábios mas descrevíamos com os delicados movimentos corporais. Percebo-te, pensava eu, sei onde me queres levar e quero ir contigo buscar as estrelas ao infinito. Dizias tu, segue o meu perfume, o rasto da minha luz que há-de conduzir-te à eternidade dos tempos, iluminando todos os teus mundos.

Não sei se o tempo chegou a passar daquele dia, se ouve mais horas para além das vinte e quatro habituais, tudo parecia eterno ali. Estarrecido, contemplava-a como se ela fosse o meu centro gravítico e em seu redor girassem os meus universos.

No seu olhar decorria uma projecção de tempos infinitos onde eu me via como se estivesse a assistir ao filme de várias vidas, ao mesmo tempo o seu sorriso delicado falava-me da brisa morna das tardes de infância, contava-me velhas histórias de tempos passados. Coisas que nunca havia percebido, paisagens que apenas moravam no meu subconsciente e memórias que eram apenas reflexos vagos de *déjà vu*. Esta sequência construiu em mim toda uma nova filosofia, como se Eva estivesse a descarregar na minha mente as explicações para as minhas incógnitas, ao mesmo tempo que alimentava o meu conhecimento com conhecimentos seus que se implantavam em mim como sementes que haveria de crescer no campo fértil da minha imaginação. Este fluxo tornou-se tão intenso, que entre nós pareceu criar-se uma torrente de luz que perpassava os corpos e se dirigia para o interior do corpo não físico que nos habita.

Não me recordo de mais nada, apenas duma sensação calma, dormente, como quando estamos num estado de pré-sono em que já não sentimos o corpo, mas ainda não estamos completamente adormecidos, como que pairamos no ar, depois...

Capítulo XIII

Depois tudo havia mudado, deixei de me questionar sobre tudo o que me inquietava, pois todas as respostas e todos os sentidos havia sim transmitidos por Eva, para dentro da minha Alma. Hoje era um novo homem, com uma dimensão espiritual de amplos horizontes, e tudo parecia fazer sentido, o nascer do Sol, a sequência dos dias, o envelhecer do corpo, o nascer da flor, o maturar do fruto, a semente germinada, a própria morte e a renovação da vida.

A minha forma de amar transcendeu a posse, deixei de querer possuir um amor, para perceber que todo o verdadeiro amor não precisa de possuir nada, dá-se, entrega-se sem esperar nada em troca. Eva fez-me abrir os olhos para lá do quotidiano, ver para lá do horizonte, para dentro dos corpos, verdadeira casa das almas que nos habitam. As regras que gerem os universos e os mundos em nosso redor não são as mesmas que os homens redigiram em constituições e tratados, elas são muito mais simples, não estão inquinadas com subterfúgios e não precisa ser defendidas por advogados e juízes. A verdadeira essência da vida não é um rol de instruções, mas tão-somente amor, livre e desinteressado, puro e partilhado. Percebi que esta mulher não era de facto uma mulher, com corpo, mas apenas um espírito, uma alma que me ensinara a verdadeira concepção da vida e da espiritualidade. Eva não me pertence, nem em corpo nem em espírito, ela é a energia que move a natureza, a Mãe que nos educa, que nos ensina e protege e que junto com o Criador são pais fecundos que amam os seus filhos sem condicionalismos religiosos, ou barreiras. Percebo agora que este instante a que chamamos vida, não é mais que um hiato, uma lição, como que uma experiência à qual a Alma se submete para aprender *per si* todos os caminhos que precisa percorrer para atingir o seu Olímpo. Eva quis mostrar-me num lapso de tempo, que até o próprio tempo é irrelevante à verdadeira dimensão do amor, que a eternidade é muito mais que a ausência de tempo, é o todo, e esse todo é preenchido por amor infinitamente grande. Com ela vivi num instante várias vidas, visitei vários corpos e aprendi a minha história desde tempos imemoráveis, não mais lembrados neste corpo, mas inscritos nos manuscritos da minha própria alma.

Sei que Eva irá partir em breve, que não me pertence, que a amo e ela me ama, mas não me importo com a sua partida, pois como ela própria me ensinou, estará sempre dentro de mim, mesmo na ausência física, porque de facto o universo, este universo onde habita o meu corpo, não se resume apenas à física dos elementos, há muito mais pala lá do que se vê, há tudo aquilo que se sente e muitas vezes não sabemos porquê. Foi isso que ela me veio ensinar, o porquê de sentir e fazer sentir, de escrever e fazer o outro arrepiar-se no que lê.

Hoje estou em paz, uma tranquilidade imensa que me inunda como um mar de água tépida, elevando o corpo para o céu, seguro apenas pelo éter da minha própria existência.

Hoje não tenho medo, porque cá dentro a semente que Eva plantou está crescendo, o seu espírito alimenta-a, tratando da árvore que um dia há-de ser, para que outros passem no caminho, e cansados, aqui possam descansar, na frondosa sombra que os seus ramos hão-de projectar, um pequeno oásis, na beira do longo caminho entre vidas.

Por isso te amo Eva...

Capítulo XIV

Acordo, os braços dormentes sobre a secretária, os papeis amarrotados, na minha frente o computador ligado, o processador de texto pisca o cursor abaixo do último parágrafo. A luz do dia esgueira-se pelas frestas das persianas, endireito o corpo, coloco os óculos no rosto, mais uma noite mal dormida. Esta noite não sonhei, pelo menos enquanto dormi, mas recordo-me que tarde na madrugada, ainda de olhos abertos ter terminado mais um capítulo do livro.

Levantei-me, apanhei os papeis amarrotados que se dispersavam sobre a mesa e pelo chão, neles havia rabiscos de letras, desenhos, pausas entre esperas para que a inspiração descesse dos céus para animar os meus dedos. Divagações, frases e conjunturas idealizadas, de alguém que na deriva procura o caminho certo. Lembrei-me das palavras da personagem feminina no último parágrafo escrito:

"-Quando o meu corpo não estiver junto a ti, não me procures entre iguais – Respondeu com a candura dum anjo – Fecha os olhos e procura-me dentro da tua alma, entre os corredores e salas do teu universo interior, saberás sempre onde estarei e não terás de andar à deriva."

Deveria seguir aquele conselho, não sei muito bem se era meu, ou se de alguma forma, a personagem adquiriu vida própria. Talvez o avançado da hora permitisse que escritor e personagem se encontrassem num hipotético palco e ela o quisesse encaminhar numa determinada direcção. De facto não podia permitir-me andar à deriva, o editor pressionava-me para entregar o trabalho e o romance estava a fluir muito lentamente. Talvez eu me tivesse afeiçoado há história, talvez os personagens se confundissem com a minha própria identidade, reflectissem a minha personalidade e os meus sonhos e por esse motivo não quisesse terminar o trabalho.

Dirigi-me para a cozinha para comer alguma coisa, de relance olhei para a sala cheia de livros espalhados pelo chão e almofadas derrubadas. Sentei-me na mesa da cozinha com um copo de chá frio nas mãos, não era suficiente, precisava de cafeína para acordar, liguei a máquina de café e tirei um expresso.

Tomei um duche e desci a rua para ir à mercearia comprar alguns alimentos, pela rua lembrava-me dos passos dos interpretes do romance, como haviam caminhado por ali, fazendo o mesmo que eu, aquela narrativa era sem dúvida uma partilha íntima das minhas vontades, da necessidade de quebrar a minha solidão, havia, na minha mente uma profunda confusão entre a realidade e a ficção, aquela frase ecoava na minha mente:

"-Quando o meu corpo não estiver junto a ti, não me procures entre iguais fecha os olhos e procura-me dentro da tua alma."

Voltei a casa, sentei-me de novo em frente ao computador e... Procurei!

Capítulo XV

No dia do lançamento do livro todos os amigos acorreram à livraria. A sala estava cheia, mas ainda assim não me sentia empolgado. Era o meu primeiro livro, uma história mística, inspirada numa sucessão de sonhos que por vezes me pareceram tão reais que tive dificuldade em distinguir a realidade da ficção. A dada altura pensei mesmo em desistir, mas sempre que isso acontecia, os sonhos voltavam e incitavam-me a concluir. Realmente este romance mudou a minha forma de olhar para a vida e para o amor. Deixei de me sentir só, até quando chegava a casa e não estava ninguém, parecia que havia no ar um perfume de jasmim que pairava, uma névoa que me recordava Eva, a personagem central da história.

Estarei louco? Que importa se hoje me sinto outro,.

O editor estava radiante com a quantidade de gente presente no lançamento, eu sorria, cumprimentava, falava, mas os meus olhos procuravam entre a multidão, perscrutando, como se esperassem mais alguém.

- Então, está feliz? - Perguntou o director do jornal – Não te esqueças da nossa crónica, agora que estás a ficar famoso.

Sorri-lhe e respondi-lhe:

- Claro que não, isto é apenas um romance, não vou perder-me das minhas raízes.

Sentei-me na mesa de honra, rodeado do editor e alguns convidados. Apresentaram-me, leram excertos do livro, e eu falei sobre a história, na realidade contei-lhes que era uma súmula de sentimentos que tinha ido guardando ao longo dos tempos e que quando surgiu o convite da editora compilei numa pequena história. Não lhes falei do verdadeiro significado, dos sonhos e de toda a vivência que este romance tinha cultivado em mim. Os meus olhos continuavam divagando, mesmo enquanto falava, à procura dum sinal, dum evento que me desse a certeza de que tudo o que havia escrito naquele livro não era uma utopia, que de facto dentro de mim havia existido uma transformação e eu tinha encontrado nesses momentos vividos o amor, tão eterno quanto lato, tão imenso quanto parco, porque não tinha nada, tendo tudo. Só precisava de um sinal.

No final do lançamento e após quase todos os convidados terem saído, o director do jornal saudou-me pelo sucesso e entregou-me um maço de cartas dos meus leitores que tinha chegado nesse mesmo dia à redacção do jornal. Guardei-os, despedi-me de todos os que ainda estavam e regressei a casa. Sentia-me algo desapontado, pois não tinha pressentido nenhum instante que me lembrasse Eva, talvez de facto tudo não passasse dum sonho, talvez eu estivesse a ficar louco e nada disto tivesse efectivamente sido sentido, vivido, apenas sonhado.

Deixei o casaco e o guarda-chuva no *hall* de entrada, dirigi-me para a sala. Senti o perfume de jasmim no ar e não acendi as luzes, segui no escuro, já era noite cerrada e lá fora a chuva teimava em cair. Na sala havia uma névoa, como se tivesse sido queimado incenso na minha ausência. Sentei-me no escuro e fiquei ali quieto durante não sei quanto tempo, absorvendo a atmosfera carregada daquela fragrância e recordando como ela antecipava no romance a chegada de Eva.

Acendi o candeeiro e folheei os envelopes.. Um deles não tinha remetente e impeliu-me a abri-lo de imediato. Era um papel espesso, amarelado, cuidadosamente dobrado em três, só tinha uma frase no meio que dizia:

"-Quando o meu corpo não estiver junto a ti, não me procures entre iguais fecha os olhos e procura-me dentro da tua alma."

Eva estava a chamar-me, eu fui...

Fim

Obras já publicadas do autor:

- Diário de Sonhos 2009
- Reflexos d'Alma 2010
- O Livro dos Pensamentos I 2011
- A Magia das Letras – Aqua 2011
- Folhas Soltas 2012
- O Livro dos Pensamentos II 2013
- Absorvência 2014
- Ínfimos 2014
- Inflexões 2014
- Convexidade 2014
- A Magia das Letras II – Ignis (Brasil) 2015

Publicações à venda em:

Diário de Sonhos:

www.bertrand.pt

Restantes títulos:

www.amazon.com

www.lulu.com/spotlight/aalmas

Todos os títulos com dedicatória do autor:

antonio.almas@gmail.com

Todo o seu trabalho está disponível em http://www.aalmas.eu

www.ingramcontent.com/pod-product-compliance
Lightning Source LLC
Chambersburg PA
CBHW072014170626
46813CB00005B/2147